CUENTOS PARA TODO EL AÑO

La piñata vacía

Alma Flor Ada
Ilustraciones de Viví Escrivá

ALFAGUARA

¡Qué bonita la piñata
que trajo su tío a Elena!
Para llevarla a la escuela
necesita que esté llena.

Para ir a comprar los dulces
tendré que abrir mi alcancía.
Puedo gastar las monedas
y pasearme todo el día.

Camino de la tienda encuentra a un pajarito...

Para comprar semillas
gasté una moneda.
Sólo gasté un poquito.
Aún algo me queda.

Camino de la tienda encuentra a un gatito...

Para comprar la leche
gasté una moneda.
Sólo gasté un poquito.
Aún algo me queda.

Camino de la tienda encuentra a un perrito...

Para comprar la carne
gasté una moneda.
Sólo gasté un poquito.
Aún algo me queda.

Camino de la tienda piensa en su hermanito...

Para comprar la nieve
gasté una moneda.
Sólo gasté un poquito.
Aún algo me queda.

Camino de la tienda piensa en su mamá...

Para comprar las flores
gasté una moneda.
Sólo gasté un poquito.
Aún algo me queda.

Gasté en los caramelos
la última moneda.
Todo lo he gastado.
Ya nada me queda.

¡Qué pena que tengo
pocos caramelos!
La piñata así
nunca se rellena.

Estas cerezas
son para Elena.
¡Así su piñata
estará más llena!

Estos chocolates
son para Elena.
¡Así su piñata
estará más llena!

Estos caramelos
son para Elena.
¡Así su piñata
estará más llena!

Es Cinco de Mayo. Hay fiesta en la escuela.

¡Qué grata sorpresa
se ha llevado Elena!
¡Su linda piñata,
requeterrellena!

Yo no quiero oro
yo no quiero plata,
yo lo que quiero
es romper la piñata.

Dale, dale, dale,
no pierdas el tino,
mide la distancia
que hay en el camino.

Ándale, niña,
no te dilates
con la canasta
de los cacahuates.